LUTTES

SUR LE RHIN & SUR LE DANUBE

ENTRE

LATINS, GERMAINS & SLAVES

PAR

Le Major OSMAN-BEY, V. ANDREJEVICH

PARIS

E. DENTU, LIBRAIRE-ÉDITEUR

PALAIS-ROYAL, 15-17-19, GALERIE D'ORLÉANS

1879

Tous droits réservés

LUTTES

SUR LE RHIN & SUR LE DANUBE

ENTRE LATINS, GERMAINS & SLAVES

La question d'Orient a cessé d'exister : c'est la question européenne, la lutte entre races que le traité de Berlin vient de déchaîner sur notre vieux continent. Cette question, bien plus grande, plus formidable que la première, est sur le point d'allumer une guerre à outrance entre les trois races qui habitent l'Europe : les Slaves, les Latins et les Germains.

Avant la réunion du Congrès de Berlin, le problème dont la solution agitait les esprits était de savoir qui serait le maître de l'Orient : des Slaves ou de la race anglo-saxonne.

Le traité issu du Congrès en a décidé autrement : en substituant, à ces deux puissances rivales, l'élément germanique, il assure, du même coup, à l'Allemagne la prépondérance en Occident et en Orient.

Le traité de Berlin est calqué exactement sur le partage du lion, tel que nous le raconte la fable : il reste à voir si les bêtes qui en font les frais se résigneront facilement à jouer le triste rôle de peuples dépouillés, de peuples vassaux. Cela ne saurait se produire qu'après des défaites sanglantes, des défaites irréparables, qu'après une guerre d'extermination.

Nous nous hâtons de profiter du bref répit que nous accorde l'orage qui gronde dans le lointain pour donner l'alarme, pour faire comprendre à tous ce dont il s'agit ; ce que nous sommes, ce que nous allons devenir.

Les diplomates par calcul, les journalistes par légèreté, se plaisent à mystifier les masses en embrouillant la situation. Nous croyons rendre service à l'humanité entière en lui montrant la situation telle qu'elle est ; ainsi chacun pourra prendre résolûment et courageusement son parti. Après ce prologue, entrons en matière.

Luttes de races.

Depuis que le monde existe et jusqu'à ce qu'il cesse d'exister, la lutte entre les différentes races a été et sera incessante. D'abord chaque race lutte pour son existence, et, cette existence une fois assurée, elle lutte pour acquérir l'ascendant sur les autres races voisines.

Chaque race part d'un centre d'action ; et c'est de ce centre, qu'elle essaie de s'étendre autant que possible dans toutes les directions, en refoulant ses voisins.

Les limites qui séparent tour à tour les races voisines sont ce qu'on appelle des frontières ; c'est sur ces frontières que se produit le choc de deux races rivales, dont chacune veut empiéter sur le territoire de l'autre. Les limites sont formées généralement par des obstacles naturels, tels que fleuves, chaînes de montagnes, etc. Ce sont là des limites naturelles, comme, par exemple, le Rhin, le Danube, les Pyrénées, etc.

De ces principes découle que l'action de chaque race se conforme à la configuration du pays qu'elle occupe et en suit les traits géographiques les plus saillants. L'histoire d'un peuple, comme celle de tous les autres peuples qui habitent le même continent, se réduit à l'application d'une suite d'opérations à la géographie de ce même continent.

Ces principes généraux admis, jetons un coup d'œil sur la carte d'Europe et rendons-nous compte du rôle que jouent ces traits saillants au milieu des luttes entre races.

Le continent européen est coupé en deux parties presqu'égales par ses deux principales artères, le Rhin et le Danube. Ces deux fleuves sont ainsi les limites naturelles entre le Nord et le Sud de l'Europe : c'est sur ces limites qu'ont donc lieu constamment les chocs entre les races rivales qui, du Sud, tendent à empiéter sur le Nord, ou qui, du Nord, marchent vers le Sud.

Cette expansion de races ne s'arrête pas pourtant aux limites naturelles ci-dessus mentionnées ; en effet, chaque race, par un effort *ultra-nécessaire*, essaie de franchir la limite et de s'en assurer ainsi la domination complète et absolue.

Après avoir posé les principes physiques sur lesquels se base le phénomène des luttes de race, il nous reste à les éclairer par un aperçu historique des luttes qui se sont succédées sur ce continent depuis les temps les plus reculés.

Les six époques.

Il a été dit plus haut que deux fleuves : le Rhin et le Danube, divisent l'Europe en deux parties, Nord et Sud. Cette division n'est pourtant que factice, car l'histoire prouve qu'aucun obstacle ne peut arrêter l'expansion d'une race qui a acquis de l'ascendant sur une autre.

En effet, un peuple envahisseur, à peine a-t-il atteint une de ses limites naturelles et *légitimes*, qu'aussitôt il essaie de la dépasser aussi loin que possible.

Ce phénomène se reproduit constamment sur toutes les limites, de quelque nature qu'elles soient, qui séparent deux nations rivales. Cependant, sur les deux grands fleuves européens, ce phénomène présente un trait spécial : celui qui réussit à se rendre maître de l'une de ces barrières veut, à tout prix, s'approprier l'autre. Une fois maître de ces deux artères, le conquérant pèse de tout son poids sur les deux parties de l'Europe et en dirige à son gré les destinées.

Cela constitue le *summum bonum*, l'objet des convoitises de tous les conquérants du passé, du présent et de l'avenir.

Les luttes constantes dont le Rhin et le Danube ont été le théâtre présentent six époques distinctes que nous passerons brièvement en revue.

PREMIÈRE ÉPOQUE. — *Gaulois et Germains.* — Les Gaëls ou Gaulois furent les premiers, d'après ce que l'on suppose, à se rendre maîtres de l'Europe telle qu'on la connaissait à cette époque. Venus d'Asie, ils franchirent le Danube et conquirent toute la région comprise entre la mer Adriatique et l'Atlantique. Au Nord, les Gaulois s'étendirent jusqu'au Rhin, limite dont la possession leur fut contestée par les tribus germaniques établies de l'autre côté du fleuve.

DEUXIÈME ÉPOQUE. — *Romains et Germains; Romains et Slaves.* — Pendant que les Gaulois disputaient aux Germains la possession du Rhin, ils furent eux-mêmes attaqués en revers par une autre race conquérante, par les Romains, qui, du Midi, remontaient vers le Nord de l'Europe. Attaquée ainsi simultanément de deux côtés, la race gauloise succomba et céda la place aux envahisseurs, qui, à leur tour, se trouvèrent face à face sur les bords du Rhin.

Suivant leur mouvement d'impulsion, les Romains franchirent cette limite et poursuivirent les Germains jusque dans leurs retraites les plus inaccessibles. Pourtant la race germanique ne se laissa point entamer ; à son tour, elle reprit l'offensive, dès que s'accentua le mouvement rétrograde de la race latine.

Quand les Romains eurent atteint les bords du Rhin, ils essayèrent de compléter leur œuvre de conquête en allongeant la main également du côté du Danube. Le Rhin ne sert qu'à dominer sur l'occident de l'Europe ; pour se rendre maître de la partie orientale, il est indispensable d'occuper la vallée du Danube. C'est ce que firent les empereurs romains en suivant la piste l'un de l'autre.

Les rives du Danube étaient alors occupées par les Daces, les Scythes, les Sarmates, tous issus de la grande race slave. Les Romains ne purent donc s'établir sur ce fleuve sans avoir préalablement refoulé et subjugué les Slaves, de même qu'ils avaient fait avec les Germains.

Plus heureux sur le Danube que sur le Rhin, les Romains réussirent à s'approprier un vaste territoire situé de l'autre côté du fleuve, non loin de son embouchure, et connu de nos jours sous le nom de Roumanie.

Maîtresse du Rhin et du Danube, Rome atteignit l'apogée de sa puissance ; assise sur les deux principales artères du continent européen, sa domination était absolue et incontestable.

L'empire romain, en dernière analyse, signifie donc la prépondérance des peuples du Midi sur ceux du Nord. Mais à peine cette prépondérance était-elle établie, que le flot des

peuples du Nord commence à réagir dans le sens contraire;
il s'efforce de reconquérir le terrain perdu et d'en dépasser
même les limites.

TROISIÈME ÉPOQUE. — *Francs et Germains, Byzantins et
Slaves*. — Le reflux des races du Nord entraîna la chute du
colosse romain. Mais comme, dans la nature, rien ne
change, ces nouveaux conquérants marchèrent nécessaire-
ment sur la piste de celui qui les avait devancés et firent la
contre-partie de ce qu'il avait fait avant eux.

Ainsi les Germains franchirent le Rhin et prirent possession de la Gaule : en même temps, les Vandales, les Slaves
et autres traversaient le Danube, s'installaient dans la péninsule des Balkans et le midi de l'Europe.

Ici nous allons voir la volte-face, le rôle interverti qu'ont
joué ceux qui se sont mis à la place des Romains, c'est-à-
dire les Germains, connus sous la dénomination de Francs
ou Français.

En effet, on voit les Francs, à peine la conquête de la
Gaule achevée par eux, marcher contre les autres Germains,
non-seulement afin de s'assurer la possession du Rhin,
mais encore dans le but de subjuguer la Germanie elle-
même. Telle fut l'entreprise de Charlemagne, qui tenta de
rétablir, pour son propre compte, l'empire des Césars.

Charlemagne essaya aussi, comme les Romains, de passer
du Rhin au Danube, mais il échoua complétement dans
cette seconde entreprise.

Sur le Danube la lutte continua entre les empereurs
byzantins et les barbares, soit Huns, soit Slaves.

QUATRIÈME ÉPOQUE — *Allemands et Français, Huns et
Slaves*. — Avec la décadence des Carlovingiens la marée
commença à monter du côté opposé, du côté du Nord. Les
Allemands ou Germains devinrent, à leur tour, agresseurs

et improvisèrent une parodie d'empire romain qui s'appuya sur le Rhin et le Danube. Le Midi pourtant leur résista, et de là vinrent les guerres avec Philippe-Auguste, François Ier, les Lombards, les Vénitiens, etc.

C'est à cette époque que parurent les Turcs, les successeurs des Byzantins, qui, à leur tour, s'avancèrent vers les bords du Danube, pour en disputer la possession aux Slaves et aux Hongrois.

CINQUIÈME ÉPOQUE. — *Français et Allemands, Turcs et Autrichiens.* — Cette fois, les peuples du Midi se relèvent et refoulent les races du Nord. La monarchie française, reconstituée sous Louis XIII, Louis XIV et Napoléon, se saisit du Rhin et dicte la loi aux Allemands et aux Autrichiens, autrement dit aux Germains. Sur le Danube, les Turcs sont également victorieux ; ils refoulent les Autrichiens jusqu'à Vienne et rejettent les Slaves au-delà du Dniester.

SIXIÈME ÉPOQUE. — *Luttes entre Germains et Latins, entre Slaves et Germains.* — Cette sixième époque c'est l'actuelle, dans laquelle les instincts de race prédominent en vertu du principe des nationalités.

De nos jours aussi les luttes de races se poursuivent d'après les lois immuables de la nature, le reflux du Nord sur le Midi. D'abord, sur le Rhin, les Germains ont refoulé à deux reprises la race franco-latine, tandis que, sur le bas Danube, les Slaves ont fait disparaître complètement les Turcs.

Comme nous touchons ici aux questions les plus brûlantes de la politique actuelle, nous aurons soin de traiter ce thème en l'envisageant tant au point de vue spécial à chaque race que sous un point de vue collectif ou international.

En vue de faire mieux ressortir, aux yeux de nos lecteurs, la situation actuelle, nous la comparerons d'abord à l'époque romaine, qui est presque identique à la nôtre.

Les Romains, avons-nous dit, refoulèrent d'abord les Germains et puis ils se rabattirent vers le Danube afin de refouler également les Slaves. Les Germains d'aujourd'hui jouent le même jeu : d'abord, ils rejettent les Latins loin du Rhin et puis ils s'apprêtent à prendre |les Slaves en flanc pour les chasser du Danube.

Evidemment le parallèle est exact.

Le but des deux conquérants est le même : se rendre maîtres des deux artères principales de notre continent, pour le dominer ensuite à leur gré.

Il ne suffit pas d'établir un axiome, il faut le rendre tangible aux sens de façon à convaincre toutes les intelligences et à réfuter d'avance toute polémique, tout sophisme. C'est ce que nous nous proposons de faire par une étude rapide des événements qui se sont déroulés sous nos yeux depuis une quinzaine d'années.

L'Allemagne et l'Autriche.

L'Allemagne et l'Autriche ne font qu'un tout ; un tout divisible avant Sadowa, indivisible depuis le traité de Prague. Quiconque penserait autrement serait le jouet d'une étrange illusion.

Oui, l'Allemagne et l'Autriche ne font plus qu'un ; et c'est pour cela que nous les plaçons toutes deux ici sous la dénomination générique de Germains. En effet, dans ces deux Etats, la race germanique domine, soit intégralement, soit partiellement. Aussi leurs querelles ont toujours eu le caractère de querelles de famille, dont le mobile est de savoir si c'est Titus qui doit commander le dîner, ou bien Sempronius. A Sadowa, la Prusse triomphante réussit à mettre fin à ces scènes orageuses en jetant par la croisée l'Autriche, qui n'avait pas le droit de mettre le désordre dans la maison paternelle, le Fatherland.

Mais aussitôt après cette échauffourée les deux parents se reconcilient et se serrent la main en bons Allemands. C'est à Prague, en effet, que les deux États germaniques mirent un terme à leurs discordes, en signant un traité de paix définitif. Dans ce traité mémorable, la Prusse parle ainsi à l'Autriche : « Tu as tort de vouloir t'obstiner à fourrer ton nez » dans les affaires du Fatherland... Cela me concerne, tu » dois y renoncer une fois pour toutes. »

Après ces paroles un peu roides, le chancelier de fer prend l'Autrichien par le bras et lui dit d'un air mielleux : « Arrangeons nos affaires, entendons-nous, car nous » ne sommes après tout qu'une seule nation, une même » race. Si tu veux travailler pour le compte de l'Allemagne, » l'Allemagne te reconnaîtra comme un des siens; elle » t'aidera et te soutiendra n'importe contre qui. Notre » pacte d'aujourd'hui sera un pacte pour les siècles à venir.

Puis, ajoute le chancelier :

« Tourne tes regards, mon cher, vers l'Orient. Vois-tu ? » Il y a là de vastes régions en ruine, des peuplades semi- » barbares qui sont prêtes à se plier sous la civilisation » germanique; le Danube, qui arrose ces contrées, est un » fleuve allemand, c'est même la principale artère du *Fa-* » *therland;* voilà un champ pour ton activité, une belle ré- » compense pour tes efforts. »

» *Déplace donc ton centre vers l'Orient et nous serons les* » *meilleurs amis du monde.* »

François-Joseph courba respectueusement la tête et, sur-le-champ, accepta la mission qu'on lui imposait, celle d'être l'avant-garde du mouvement d'expansion de la race germanique vers le bas Danube et l'Orient.

C'est alors que le malheureux kaiser, déplumé, reçut en récompense de sa soumission, un prolongement de bail pour lui et son empire. Nous disons *un prolongement de bail,* car les jours des Hapsbourg sont comptés ; leur existence éphé mère ressemble à celle d'un échafaudage provisoire, qui sert à dérober aux regards un bâtiment non encore achevé.

L'édifice bismarckiste une fois achevé, l'échafaudage autrichien sera démonté et jeté à la fournaise.

Les Germains sur le Rhin et le Danube.

Quel est donc cet édifice colossal auquel a travaillé et travaille encore actuellement le grand-chancelier? Ce n'est rien moins que la fondation d'un empire germanique assis sur les deux grandes artères du continent, qui dominera le Nord et le Midi, l'Occident et l'Orient ; bref, un empire tel qu'on en n'a jamais vu depuis que le monde existe.

Mais, dira-t-on, quelle imagination fantasque a l'auteur de ces lignes! Il s'imagine voir poindre des empires qui, comme des pyramides, s'élèvent jusqu'aux nues! Partout il croit voir des monstres politiques qui, la gueule ouverte, sont prêts à s'entre-dévorer.

Rassurez-vous, lecteurs, nous sommes loin de ce milieu où les hommes se plaisent à goûter les scènes fantasques et les illusions. Notre vie s'est passée au milieu de tribulations et de péripéties de toute sorte, qui nous ont valu une forte dose d'expérience. C'est cette expérience, unie à l'étude et à la méditation, qui nous a donné une faculté intuitive propre à résoudre tout problème politique.

Si pourtant on ne voulait pas ajouter foi à nos assertions, il ne nous resterait, en ce cas, qu'à mettre en avant des preuves irrécusables qui établissent jusqu'à l'évidence la justesse de nos vues au sujet des tendances politiques de l'empire d'Allemagne.

L'opinion qu'on a généralement à l'égard de la nation allemande est très-fausse. Lorsque les Allemands se levèrent comme un seul homme pour refouler les Français du Rhin, tout le monde se disait :

« Ah! bah! les Allemands ont raison, ils ne veulent
» qu'être maîtres chez eux..... Le Rhin leur appartient.
» c'est un fleuve essentiellement allemand : ils ont donc
» raison..... L'Allemand est un être tranquille, flegmati-
» que; quand il aura le Rhin, et qu'il pourra savourer sa
» chope de bière et sa pipe, il se moquera du reste. »

Nous étions, nous l'avouons, du nombre de ceux qui raisonnaient ainsi; c'est justement pour cela que nous sommes les premiers à crier :

« Ne vous y fiez pas, car l'appétit vient en mangeant, et
» celui qui a gobé le Rhin aujourd'hui ne fera pas la gri-
» mace pour gober le Danube à la première occasion. »

Mais que dira-t-on si nous allons prouver que les Germains convoitaient le Danube et qu'ils mettaient en avant leurs droits à sa possession avant même qu'ils ne se soient saisis du Rhin?

La preuve que nous allons mettre en avant pour justifier notre assertion à l'égard de l'Allemagne est si écrasante qu'elle rejette tout appel. Ce n'est rien moins que le maréchal de Moltke que nous faisons comparaitre sous charge d'avoir réclamé pour l'Allemagne la possession du Danube, au détriment, bien entendu, de ses possesseurs actuels.

De Moltke, en 1839, remonta le Danube pour retourner en Allemagne. Une fois là il fit publier des lettres qu'il avait écrites pendant son séjour en Turquie. Voici quelles impressions produisit sur son esprit le voyage le long du Danube. Nous citons sa propre lettre, écrite à bord du bateau qui le conduisait. (Lettres de Moltke, chapitre LXVI.)

« Après l'importance acquise par la navigation des ba-
» teaux à vapeur du Danube, qui mettent *le cœur de l'Alle-*
» *magne* en communication directe avec Trébizonde et
» Alexandrie, cette interruption (1) serait un événement
» d'une grande importance. Mais il existe encore un autre
» motif de désirer qu'un nouveau débouché soit ouvert vers
» la mer Noire. »

« La paix d'Andrinople adjugea le bras nord du Danube
» aux Russes, le bras du sud aux Turcs; mais le pays entre
» les deux courants, les grandes îles marécageuses des deux
» côtés de la Sulina, restaient inhabités. Nous trouvâmes
» toutefois les cordons de la quarantaine russe avancés
» jusqu'au bord septentrional de la Sulina, et, près de l'em-
» bouchure même, sur le rivage méridional, une petite ville
» russe qui certainement se développera et grandira rapi-
» dement, car une foule de navires jettent l'ancre ici. »

« Nous ne trouvâmes pas trace d'un phare mentionné
» par les gazettes officielles, mais nous vîmes une paire de
» chaloupes canonnières et quelques pièces couchées sur le
» rivage. Le commandant russe du poste a fait plusieurs
» tentatives de soumettre les bateaux à vapeur autrichiens
» à une sorte de visite : les commandants s'y sont re-
» fusés. »

« Mais, de fait, les Russes sont maîtres de l'embouchure
» de *cette importante artère de l'Allemagne.* »

« Tant que la paix durera, la navigation sur le Danube
» ne sera pas entravée; mais si une guerre éclatait le com-

(1) Moltke fait allusion ici aux prétendus desseins de la Russie, ayant pour but de fermer les bouches du Danube.

» merce autrichien (lisez allemand) serait complétement au
» pouvoir des Russes, et il serait difficile de les chasser
» les armes à la main, car la côte plate empêche les vais-
» seaux de guerre de s'approcher par mer et l'accès par
» voie de terre est fermée par des marais impraticables. »

« Le gouvernement russe aurait plutôt intérêt à fermer
» la Sulina qu'à l'ouvrir ; et l'Autriche, *représentant ici*
» *l'Allemagne,* serait dans le cas d'exécuter l'œuvre sur un
» terrain dont il est, à proprement parler, difficile de dire à
» qui il appartient. »

En lisant cette lettre, ne croirait-on pas avoir sous les
yeux le canevas, le croquis du traité de Berlin ? La Dobroutcha, avec la Sulina, données à la Roumanie ; les Portes-de-
Fer confiées à l'Autriche ; les forteresses rasées ; bref tout
le Danube réglementé suivant les désirs de l'Allemagne,
dont il est une artère importante !

Nous nous contenterons, quant à présent, de ces quelques
observations, nous réservant toutefois de faire sur ce point
de plus amples commentaires par la suite.

C'est quarante ans avant le Congrès de Berlin que le
grand tacticien s'exprimait ainsi. Quelle suite dans les
idées ! Quelle ténacité dans l'exécution d'un plan préconçu
et préparé de longue main !

Si les Slaves et les Latins avaient le même entêtement, la
même habileté, l'Allemagne ne serait pas ce qu'elle est
aujourd'hui.

Manœuvres de la Prusse sur les deux artères.

La Prusse, personnifiant l'Allemagne, convoitait la possession absolue du Rhin et du Danube, qu'elle considère
comme ses artères. Afin de mieux exécuter son projet,

elle jugea à propos de s'assurer d'abord du Danube, pour pouvoir ensuite se jeter avec toutes ses forces réunies sur le Rhin et en refouler les Latins.

En effet, trois mois avant de commencer la guerre contre l'Autriche, la Prusse prit une mesure de précaution qui équivalait pour elle à une diversion utile contre l'Autriche et qui lui permettait de tenir en échec les Russes dans le bas Danube.

Cette mesure consistait dans l'envoi du prince Charles de Hohenzollern en Roumanie. En installant ainsi son candidat sur le trône de cette principauté, la Prusse étendait son influence sur le bas Danube, influence qu'elle eut soin d'affermir en étendant sur ce pays un système de combinaisons financières telles que la compagnie Strousberg et le traité de commerce avec l'Autriche.

Maîtresse de l'embouchure du Danube, la Prusse était à même de dire à la Russie : « Je garde le passage ; sans ma permission on ne peut passer outre. »

On ne saurait nier à la chancellerie de M. de Bismarck le mérite qui lui revient en raison de cette combinaison ingénieuse. Du même coup elle se rendait l'arbitre de la question d'Orient et forçait la Russie à rester neutre pendant la guerre franco-allemande.

En effet, c'est en faisant constamment miroiter aux yeux de son allié du Nord la possibilité d'une solution heureuse de la question d'Orient, que Bismarck a su paralyser son action en ce qui concerne l'Occident. Sa querelle avec la France une fois réglée, le chancelier fait volte-face et conteste à la Russie tout dédommagement en Orient.

Sûre de la réussite de ce double jeu, la Prusse attaque aussitôt l'Autriche et la rejette vers l'Orient, en lui confiant la mission de surveiller les Slaves. Cela fait, elle se hâte d'attaquer l'élément latin et le refoule au-delà du Rhin.

La morale à tirer de ces faits est que, dès 1866, c'est-à-dire quatre ans avant la guerre de France, l'Allemagne escomptait son succès sur le Rhin et qu'à cette époque déjà elle travaillait afin de s'assurer un égal succès sur le Danube.

Sur quelles données basait-elle ses calculs? La guerre du Danemarck et celle d'Autriche lui avaient permis de mesurer ses forces, tandis que la guerre d'Italie et l'expédition du Mexique lui avaient révélé le vide de la puissance napoléonienne.

Guerre d'Orient.

Un laps de cinq ans s'est écoulé entre la conclusion du différent franco-allemand et l'ouverture de la question d'Orient. Pendant que se déroulaient les premiers épisodes de ce drame, l'empire d'Allemagne affecta une indifférence et une discrétion vraiment exemplaires. M. de Bismarck s'efface au point qu'on se l'imaginait en proie à une léthargie complète; pourtant le vigilant chancelier gardait un œil ouvert, et cet œil lui suffisait pour maîtriser les événements.

D'abord il fait semblant de sourire aux efforts des peuples slaves, qui aspiraient à l'indépendance; puis il encourage la Russie dans l'accomplissement de son œuvre de rédemption. Sous main, pourtant, sa chancellerie se tenait au courant des moindres incidents qui se succédaient au milieu du drame oriental, et cela grâce à une foule d'agents habiles qui parcouraient la péninsule des Balkans dans tous les sens.

La déclaration de guerre faite par la Russie ne pouvait donc causer aucune surprise à Berlin, où tout avait déjà été calculé et prévu avec une précision mathématique.

2

Au début des hostilités, Bismarck se disait :

« Nous nous réservons d'intervenir au moment où les
» belligérants, épuisés, seront disposés à nous écouter. »

Ces mots révèlent toute la pensée du chancelier, pensée
qui inspirait sa conduite dès le commencement du différend
oriental.

Sur ces données, on s'explique facilement l'adhésion du
prince de Roumanie, qui non-seulement donna passage
aux troupes russes, mais fit cause commune avec elles.

En effet, il entrait parfaitement dans les vues de l'Allemagne de laisser engager la Russie dans une guerre coû-
teuse, ce qui lui permettrait de dire son dernier mot sur la
question en litige ; ce qui, en un mot, la rendrait arbitre de
la situation.

L'Autriche et l'Angleterre adoptèrent également cette
ligne de conduite : c'est ce qui explique l'attitude réservée
de ces deux puissances pendant la première période de la
guerre turco-russe, ainsi que l'entente parfaite dont elles
firent preuve au sein du Congrès.

Cet accord entre la Grande-Bretagne et l'Allemagne sur-
prit à ce moment tout le monde et surtout la Russie, qui
croyait pouvoir compter sur l'appui sincère de cette dernière puissance. Un pareil accord était cependant à prévoir,
car entre ces deux pays, il existe des liens qui les unissent,
soit sous le rapport ethnographique, soit sous le rapport
politique.

Ici nous nous voyons contraint de faire une courte di-
gression en vue de faire ressortir nettement les points sur
lesquels repose cette alliance anglo-germaine, qui s'est
révélée pour la première fois au Congrès de Berlin.

Issus tous deux de la race germanique, les Anglais et les
Allemands sont reliés par une parenté intime à laquelle le
protestantisme donne un surcroît de cohésion. Unis par les
liens de race et par ceux d'une communauté de croyance,

ces deux peuples se voient encore rapprochés par une identité d'intérêts politiques.

En effet, sur tous les points, l'Angleterre et l'Allemagne ont des motifs de se trouver d'accord et nulle part leurs intérêts ne s'entrechoquent. L'une est puissance maritime, l'autre est puissance militaire; elles ont toutes les deux ainsi un égal intérêt à combiner leurs forces.

L'Angleterre se procure par cette alliance l'avantage de produire une diversion puissante en Europe, qui lui assure la domination dans l'Inde; l'Allemagne a tout à gagner à un accord avec la riche Albion, maîtresse des mers.

On doit remarquer que les progrès faits par les Germains vers le bas Danube et la mer Egée n'effraient nullement l'Angleterre, qui trouve, dans cette marche en avant, un contrepoids aux progrès des Russes. Si les Germains touchaient aux confins de l'Inde, ce serait une autre question.

Pour l'Angleterre, Constantinople n'a d'importance que par rapport aux Indes; tant que la route vers l'Inde n'est point menacée, elle se soucie peu de ceux qui s'approchent des Dardanelles.

L'alliance entre l'Allemagne et l'Angleterre est donc une alliance naturelle, assise sur des bases solides, qui a toutes les chances de survivre à la génération qui s'en va et à la génération qui lui succédera.

Le caractère anglo-allemand des alliances entre les familles régnantes sert à corroborer nos appréciations à cet égard. Les alliances de famille, proposées et sanctionnées par les hommes d'État des deux pays, ont, malgré qu'on en ait dit, une portée toute politique.

Quand la Prusse n'était pas encore assez forte, les mariages russes lui étaient nécessaires pour se ménager un appui; maintenant qu'elle est maîtresse du continent elle a besoin de mariages anglais, qui lui procurent de plus vastes ressources et une plus large sphère d'action.

Il est bon de rappeler, à ce propos, que bientôt une princesse anglaise sera impératrice d'Allemagne et que, pour l'aider dans cette tâche, elle a fait entrer dernièrement, au sein de la famille royale de Prusse, son frère, le duc de Connaught.

Les deux grandes alliances qui ont marqué la dernière partie du dix-neuvième siècle viennent ainsi d'être brisées peu avant la réunion du Congrès de Berlin. L'alliance occidentale a été brisée par l'Angleterre, qui a abandonné la France pour pouvoir mieux s'accrocher à l'Allemagne.

L'alliance tant vantée des trois empereurs a fini par se transformer en un tête-à-tête entre les deux empereurs germaniques, au détriment de l'empereur slave. Les choses pourtant ne s'arrêteront pas là, et un des deux alliés paiera bientôt fort cher son triomphe éphémère.

Le comte Karolyi a beau parler d'une alliance anglo-autrichienne, l'ambassadeur se plaît évidemment à jouer avec les mots.

Comme nous avons dit, il n'y a en réalité qu'une alliance sérieuse; et cela est l'alliance anglo-germanique, qui prend l'Autriche à la remorque et la traîne derrière elle bon gré mal gré.

Cette alliance s'apprête à lancer ses foudres contre la Russie, la seule rivale de l'Allemagne qui n'ait encore ressenti le poids de ses armes.

Traité de Berlin.

Le traité de San-Stefano souleva un cri d'indignation de la part de tous ceux qui s'attendaient à recevoir quelque chose des dépouilles de la Turquie.

« A Berlin! à Berlin! cria-t-on de tous côtés; c'est là
» qu'on doit faire le partage. »

Le partage a été fait de telle façon que les gros se sont
tout approprié et que les petits n'ont reçu que quelques
os bien rongés et bien léchés d'avance.

Le prince de Bismarck a fait preuve, en cette occasion, de
cette rare habileté qui le rend à juste titre célèbre. Comme
représentant de l'empire d'Allemagne il n'a rien voulu
accepter; mais, comme chef suprême de la race germanique, il s'est fait la plus belle part, car tout ce qui a été
donné à l'Autriche et à la Roumanie lui reviendra tôt ou tard.

Il n'y à qu'à faire une analyse sommaire du traité de Berlin pour se convaincre de cette vérité.

Ce traité se résume en trois points principaux, les voici :

1° L'acquisition de la Bosnie par l'Autriche ; 2e l'acquisition de la Dobroutcha par la Ronmanie ; 3° la démolition
des forteresses du bassin inférieur du Danube.

Comme ces trois points ont pour but d'assurer à l'Alle-
mage la domination sur le Danube, il nous faut traiter à
fond ce qui concerne ce fleuve et débuter par une étude
ethnographique et stratégique des bassins de ce cours d'eau,
que Moltke considère comme une *importante artère de l'Allemagne.*

LE DANUBE. — Le Danube, comme tous les grands fleuves, se divise en trois parties distinctes : le bassin supérieur, le bassin moyen et le bassin inférieur. Le bassin supérieur est formé par cette partie du fleuve comprise entre
les sources du Danube et Linz; le bassin moyen commence
à ce dernier point et finit aux Portes de Fer ; le bassin
inférieur, ou bas Danube, est compris entre les Portes de
Fer et l'embouchure.

Commençons par étudier la vallée du Danube d'abord au
point de vue ethnographique, puis nous passerons à l'étude

stratégique ; seul ce procédé permet d'apprécier au juste la portée des trois clauses dont le traité de Berlin stipule l'exécution.

Le bassin supérieur du Danube a de tout temps été essentiellement germain ; aussi personne ne saurait contester que cette partie du fleuve est ce que Moltke appelle une *importante artère* de l'Allemagne.

Mais cette dénomination ne saurait en aucune façon être appliquée au bassin moyen, car l'élément austro-germain s'arrête court à Presbourg, c'est-à-dire à quelques lieues plus bas que Vienne. En effet, à partir de Presbourg, la vallée du Danube commence à être habitée par les Hongrois et les Slaves, les premiers étant les plus nombreux sur la rive gauche, les derniers sur la rive droite. Il en est ainsi jusqu'au confluent de la Drave et du Danube, où l'élément hongrois disparaît pour faire place aux Slaves, qui occupent les deux rives jusqu'aux Portes de Fer.

De cet exposé, il résulte qu'un tiers seulement du bassin moyen est allemand, tandis que les deux autres tiers appartiennent de droit aux Hongrois et aux Slaves.

Le bassin inférieur est partagé presque également entre les Slaves et les Roumains, qui occupent respectivement le côté droit et le côté gauche de la vallée.

En résumé, il saute aux yeux que les Germains proprement dits ne possèdent qu'un quart à peine du parcours de cette grande artère de notre continent et que les trois autres quarts appartiennent, sans contestation possible, à des races non-germaniques.

Comment donc la chaleur patriotique a-t-elle pu aveugler ce brave de Moltke et ses collègues au point de leur faire croire que le Danube est une artère de l'Allemagne ? C'est une prétention qui, on le voit, est en opposition directe avec l'ethnographie et le droit des races.

Passons maintenant à l'examen stratégique et voyons

sur quels points s'appuient les diverses races pour se maintenir sur les zones qu'elles occupent respectivement.

Comme personne ne songe à disputer aux Allemands la
possession du bassin supérieur, il est superflu d'en faire ici
le sujet de nos études.

Le bassin moyen, par contre, mérite une attention toute
spéciale, et cela en raison des efforts qu'a faits et que fait
continuellement l'Autriche pour s'en rendre maîtresse.
C'est sur ce théâtre que le phénomène des luttes de races
paraît sous un aspect grandiose et saisissant.

L'Autriche domine le parcours du bassin moyen par
quatre places fortes : Linz à l'extrémité Ouest, Komorn et
Petervaradin au centre ; Ada-Kalé (nouvellement annexée)
à l'extrémité Est du bassin.

Après avoir pris toutes ces précautions, il fallait compléter
ce système de défense en défendant les approches vers la
vallée du Danube, soit au Nord, soit au Midi. C'est ce que
l'Autriche a fait en élevant les places fortes qui commandent
la frontière de Galicie et les défilés des Karpathes. Du côté
méridional du bassin, elle s'est gardée jusqu'à présent au
moyen des régiments-frontières établis le long de la Sarre.

Cette ligne-frontière est pourtant incomplète, car le bassin
du Danube a pour limites géographiques, de ce côté, le
revers septentrional des montagnes de la Bosnie, dont les
eaux coulent vers la Save, tributaire elle-même du Danube.

De ce fait on pourrait déduire que les prétentions de l'Allemagne à l'égard de la Bosnie sont en quelque sorte justifiées par la raison stratégique. Mais alors pourquoi dépasser
cette limite géographique, en poussant l'Autriche au-delà
du versant de la mer Egée et de l'Adriatique ?

Evidemment cet effort *ultra-nécessaire* a une portée bien
différente de celui qui se limite à la possession du bassin
moyen du Danube. Bientôt nous reviendrons sur ce sujet.

Le bassin inférieur a été jusqu'ici commandé par les

Turcs au moyen de cinq forteresses de premier ordre :
Viddin à l'Ouest et le quadrilatère à l'Est, vers le delta et
la mer.

Dissertation sur les trois clauses du traité.

La description que nous venons de faire du Danube fait
ressortir les traits principaux que présente cette importante
artère de notre continent. Il ne nous reste plus qu'à appli-
quer les trois clauses du traité de Berlin sur ce terrain pour
en faire comprendre toute la portée.

1° Acquisition de la Bosnie par l'Autriche :

Lord Beaconsfield présente naïvement la motion de donner la Bosnie à l'Autriche ; Bismarck, en sa qualité de pré-
sident, donne son approbation au projet ; Andrassy, mis au
mur, fait bonne mine à mauvais jeu et se charge de tirer les
marrons du feu.

Quel pouvait être le but des parties contractantes par
cette prise de possession de la Bosnie ? S'agissait- il simplement d'arrondir les possessions de l'Autriche dans le bassin moyen du Danube ?

Non, car il aurait suffi pour cela de limiter l'occupation
autrichienne à Serajevo, sans l'étendre jusqu'à Novi-Bazar.

Quel est donc le but caché de cette acquisition ?

La seule réponse que l'on puisse faire à cette question
est que les trois parties contractantes n'étaient en réalité
que deux, suivant chacune un but spécial : l'empire germanique, qui tient à s'assurer, par le moyen de l'Autriche, un
débouché vers le Danube et la mer Egée ; tandis que son
allié anglo-saxon désire de le voir rapprocher, pour pouvoir mieux lui tendre la main en cas de besoin.

La persistance que met l'Autriche dans la question de Novi-Bazar sert à nous révéler les desseins occultes que poursuivent ses associés ; et un coup d'œil sur la carte de la péninsule suffit pour faire comprendre de quoi il s'agit au fond.

Novi-Bazar et la Bessarabie (où doivent se retirer les Russes) se trouvent à une égale distance de l'Hellespont, le point culminant d'un triangle isocèle qui a le bas Danube pour base.

Or, dans l'hypothèse d'une nouvelle guerre, les Autrichiens, en partant de Novi-Bazar, peuvent atteindre les rivages de la mer de Marmara et les Dardanelles en même temps que les Russes qui arrivent de la Bessarabie. La jonction de la flotte anglaise donnerait, en ce cas, tous les avantages aux premiers.

Mais, nous répondra-t-on, c'est pour la première fois que nous entendons dire que l'Autriche, ou les Germains, pour être plus juste, visent à se porter sur Constantinople. Cet essai même nous a appris que les Allemands n'ont d'autre projet que celui de se rendre maîtres du Danube dans tout son parcours (1).

(1) Pourquoi les Allemands convoitent-ils la vallée du Danube toute entière ? M. Moldenhauer vient de nous l'apprendre par un rapport sur la colonisation, dernièrement publié à Francfort, où il dit :

« L'Allemagne n'a établi aucune colonie dans ces pays (Amérique, » Afrique, etc.) et il lui est interdit d'en établir, **toutes les places** » **étant déjà prises et fortement occupées.** »

Puis plus bas il ajoute :

« Aussi a-t-on appelé avec raison le courant de l'émigration, qui se » porte principalement vers l'Amérique et qui prive l'Allemagne d'une » force sensible, un grand fleuve de sang qui coule de l'Allemagne » vers le nouveau continent. »

Bismarck, qui connaît ces choses mieux que tout autre, a déjà pris ses mesures pour faire couler **ce fleuve de sang** sur le vieux continent, vers la vallée du Danube, habitée par des Hongrois, des Slaves et des Roumains, c'est-à-dire par des races inférieures. En effet, dès

Cela est vrai ; mais c'est précisément parce que les Germains convoitent la possession du bas Danube qu'ils doivent empêcher à tout prix que les Slaves, leurs antagonistes, n'occupent Constantinople. Car Constantinople et les Dardanelles se trouvent être le centre d'un demi-cercle dont le périmètre est formé par le bas Danube. Donc, la possession de Constantinople équivaut à la possession du bas Danube.

C'est un axiome qui est prouvé par l'histoire du bas-empire et par celle de la domination ottomane.

La solution de ce problème, dans un sens ou dans un autre, constitue évidemment le nœud de discorde entre les deux races en lutte, les Slaves et les Germains. Toutes deux aspirent à la domination sur le bas Danube ; et pourtant elles marchent toutes les deux vers Constantinople, car c'est là seulement que le grand conflit peut être décidé.

- 2° Acquisition de la Dobroutcha par la Roumanie ;

3° Démolition des forteresses du bas Danube.

Comme ces deux clauses du traité de Berlin se rapportent au même ordre d'idées, nous les traiterons ensemble.

En faisant occuper la Dobroutcha et l'embouchure de la Sulina par les Roumains, Bismarck n'a pu être inspiré d'aucune autre pensée que celle-ci :

« Les Russes veulent toucher au Danube : eh bien, s'est
» dit le chancelier, moi je donnerai l'embouchure princi-
» pale au prince Charles, et alors la Bessarabie ne leur ser-
» vira plus à grand'chose. Si, de plus, les Russes songent à
» éviter la Roumanie et à établir des relations directes avec

---

1873, M. de Bismarck a arrêté le courant de l'émigration allemande, qui s'élevait à 134,591 personnes et l'a réduit à 46,286.

Or, depuis cette époque, il s'est accumulé en Allemagne 530,000 émigrants qui doivent être placés. Où? Dans le bas Danube, qui est une artère de l'Allemagne.

Avis aux intéressés ! ! !

» les autres Slaves, en ce cas, je n'ai qu'à donner la Do-
» broutcha toute entière aux Roumains, et par cela même
» je contre carrerai également leurs desseins. Non ; je ne
» peux jamais permettre que les Russes s'établissent en
» force près de l'embouchure du Danube, car après il serait
» trop difficile de les en déloger. »

Ce que nous mettons ici dans la bouche du prince de
Bismarck, parce qu'il représente exactement la pensée qui a
dirigé le Congrès, ne nous rappelle-t-il pas les paroles du
maréchal Moltke, telles qu'on les trouve dans sa fameuse
lettre de 1839 ?

« Il serait difficile de chasser les Russes les armes à la
» main ; car, près de l'embouchure, la côte plate empêche
» les vaisseaux de guerre de s'approcher par mer et l'accès
» par voie de terre est fermé par des marais impraticables. »
Cela est clair : Bismarck et de Moltke sont d'accord.

Après avoir empêché les Russes de s'établir solidement à
l'embouchure du Danube, il fallait aussi songer à faciliter
l'invasion germanique, qui se tient prête pour descendre le
fleuve et prendre les Slaves en flanc. C'est bien ce plan qui
a dicté aux rédacteurs du traité de Berlin la troisième clause,
celle qui ordonne la démolition de toutes les forteresses, y
compris le quadrilatère.

Afin de mieux cacher le but auquel vise cette mesure, au
sein du Congrès, on fit semblant de vouloir, par cela, sau-
vegarder l'indépendance de la Roumanie. Ce n'était évidemment là qu'un prétexte, un leurre.

Le vrai but, purement stratégique, nous le révèlerons ; et
le voici :

Quand la grande armée germanique s'ébranlera pour
descendre dans le bas Danube, elle choisira de préférence
la rive gauche pour sa ligne d'opération. Or, comme cette
ligne se trouve actuellement sous la surveillance de ces
forteresses, et que, de plus, les Slaves pourraient en profiter

pour tomber de là sur les flancs et sur les derrières de l'armée envahissante ; *ergo*, que ces forteresses soient rasées pour le bien des Roumains.

Il faut être bien naïf, vraiment, pour croire à de pareilles balivernes !

Mais, chose singulière ! nous voudrions bien demander à ceux qui ont siégé au Congrès de Berlin comment il se fait qu'ils exigent la démolition des forteresses du bas Danube, tandis que le bassin moyen a le droit de rester fortifié et armé jusqu'aux dents ?

Comme nous attendrions en vain une réponse à notre question, nous y répondrons nous-même.

Le bassin moyen étant considéré comme appartenant déjà à la race germanique, doit être armé et inattaquable : le bas Danube, par contre, n'*appartenant à personne*, comme dit Moltke, doit rester une porte ouverte.

Le loup, qui reste au haut du ruisseau, doit avoir les dents et les griffes bien aiguisées ; pour l'agneau, tout cela est superflu.

Il en était ainsi du temps des fables, il doit en être de même aujourd'hui.

Exiger des peuples du bas Danube la démolition des forteresses, c'est leur imposer le suicide. Qu'ils y réfléchissent, s'ils ne veulent pas se suicider.

Considérations générales.

Ici finit l'étude que nous nous étions proposé de faire afin de mettre en pleine lumière les dessseins de l'Allemagne, desseins qui tendent à la domination sur le continent européen aux dépens des autres races.

De Sadova et de Sedan il est surgi un colosse d'airain qui a saisi le Rhin d'une main, tandis qu'il glisse subrepticement l'autre pour se saisir également du Danube. Avant même que son œuvre de conquête soit achevé, son ascendant est irrésistible, au point que l'équilibre européen d'autrefois n'est plus qu'une chimère.

Le spectacle qu'offre au monde entier le Congrès de Berlin est la meilleure preuve que cet équilibre, jusqu'ici la base du droit public européen, n'existe plus que de nom. Bon gré mal gré toutes les puissances ont dû se rendre où on les conviait, et, bon gré mal gré, elles ont dû apposer leurs signatures à un acte qui décrétait leur déchéance, qui établissait leur infériorité.

La suprématie de l'Allemagne est ainsi un fait accompli, que le traité de Berlin vient de consacrer solennellement; dorénavant, cet empire sera l'arbitre de la situation, en Occident comme en Orient.

Cet ascendant ne fera que s'accroître, à moins que les autres races n'essaient d'arrêter, dans son germe, le développement des Germains, qui menace de les subjuguer.

Que l'on se prépare donc à la résistance, à une résistance à outrance; car la marche de ce nouveau conquérant est rapide et sûre; le danger est imminent. Jamais l'Europe n'en a connu un pareil !

En effet, la prise de possession des deux principales artères de notre continent est une entreprise infiniment plus facile pour les Germains de nos jours qu'elle ne l'était pour les Romains d'autrefois.

D'abord, le passage d'une vallée à l'autre en arrière de la forêt Noire et du Wurtemberg n'offre presque pas d'obstacles, tandis que le massif des Alpes, avec ses contreforts, qui se prolongent vers l'Adriatique et la Méditerranée, constitue un obstacle sérieux que les légions romaines étaient forcées de tourner avant de se porter sur le Rhin ou sur le Danube.

En outre, les Germains peuvent aujourd'hui utiliser des moyens bien autrement puissants, qui leur serviront soit à étendre une ligne compacte de bataille de la mer du Nord à la mer Noire, soit à jeter en quelques heures des centaines de milliers de combattants sur n'importe quel point du midi ou du nord de l'Europe.

Les télégraphes, les chemins de fer et la navigation à vapeur sur le Rhin et sur le Danube constituent des moyens rapides et puissants qui augmentent, dans des proportions démesurées, la puissance d'un peuple armé et prêt à combattre.

Devant un pareil danger, que reste-t-il à faire, sinon de se prêter la main pour tenir tête à l'ennemi commun? Les Latins attaqués de front, les Slaves menacés sur leur flanc n'ont d'autre alternative que de former une alliance étroite qui les garantisse contre l'ascendant démesuré des Germains.

Que les races ainsi menacées mettent de côté une fois pour toutes les rivalités et les haines qui ont jusqu'ici paralysé leur action. Qu'elles comprennent que, si l'une d'elles est entamée, l'autre sera également entraînée dans la défaite.

Ainsi l'Italie, qui a prêté main-forte à l'abaissement de la France, aurait dû prévoir que la marche parallèle des Autrichiens le long de l'Adriatique l'exposerait à se voir, un beau jour, attaquée de flanc par la Bosnie et de front par le Trentin.

En tendant la main aux races Slaves, les Latins doivent mettre de côté les anciens préjugés qui leur faisaient regarder les Slaves comme les mangeurs futurs du monde entier De telles craintes sont absurdes; et, si elles se sont tellement répandues au milieu des masses, le mérite en revient à la perfide Albion, qui a tout intérêt à discréditer ses rivaux à la domination de l'Orient.

La disparition des Turcs du continent européen a été considérée jusqu'ici comme appelée à entraîner les deux hémisphères dans un abîme.

« Le monde sera Cosaque ou libre, » a dit Napoléon.

Avant que l'Allemagne se fût constituée en puissance militaire au centre de l'Europe, on pouvait être tenté d'ajouter foi à cette étrange prophétie. Mais maintenant que l'empire germanique a pris un tel ascendant sur toutes les autres races, la crainte du débordement slave devient tout simplement ridicule. Ce débordement constitue, au contraire, une garantie solide pour le rétablissement de l'équilibre européen sur de nouvelles bases.

Dans ces conditions, donc, la possession de Constantinople par les Slaves est la seule solution possible du problème européen. Car, en empêchant les Slaves d'occuper Constantinople, on laisse les Germains libres de s'approprier le bas Danube, et, avec le Danube, l'Europe tout entière.

Aussi nous n'hésiterons pas à dire que c'est à la Russie, le plus puissant des États slaves, que c'est à elle que revient l'honneur et le devoir de défendre les droits des races et la liberté de l'Europe ; sans elle, toute lutte contre l'ascendant des Germains est désormais impossible.

Que l'on y réfléchisse autant qu'il est temps ; après, ce sera trop tard.

OSMAN-BEY.

Paris. — Imprimerie Balitout, Questroy et Ce, 7, rue Baillif.